OBJETS D'ART & D'AMEUBLEMENT

ANCIENS

Boiserie de l'Époque Louis XV

SIÈGES RECOUVERTS EN TAPISSERIE

Tapisseries Anciennes

BRODERIES, SOIERIES

Le tout appartenant à M. D...

EXEMPLAIRE DE H. STETTINER

PARIS — JUIN 1909

CATALOGUE

DES

Objets d'Art et d'Ameublement

FAIENCES — PORCELAINES

BRONZES D'AMEUBLEMENT, PENDULES

Meubles et Sièges anciens

BOISERIE DE L'ÉPOQUE LOUIS XV

OBJETS VARIÉS

ÉVENTAILS, CUIVRES, ÉTAINS, BOIS SCULPTÉS, ETC.

TAPISSERIES ANCIENNES

Ameublement de salon et Sièges recouverts en tapisseries anciennes

BRODERIES — SOIERIES

Le tout appartenant à M. D***

ET DONT LA VENTE AUX ENCHÈRES PUBLIQUES AURA LIEU

HOTEL DROUOT, SALLE N° 1

Les Vendredi 4 et Samedi 5 Juin 1909

à deux heures

COMMISSAIRE-PRISEUR	EXPERTS
Mᵉ Albert LE RICQUE	MM. PAULME & B. LASQUIN Fils
59, rue du Rocher	10, rue Chauchat	12, rue Laffitte

PARIS

Chez lesquels se distribue le présent Catalogue.

EXPOSITION PUBLIQUE

Le Jeudi 3 Juin 1909, Salle N° 1, de 2 h. à 6 heures

CONDITIONS DE LA VENTE

Elle aura lieu expressément au comptant.

Les adjudicataires paieront *dix pour cent* en sus des enchères.

L'exposition mettant le public à même de se rendre compte de l'état et de la nature des objets, aucune réclamation ne sera admise une fois l'adjudication prononcée.

Paris. — Imprimerie de l'Art, Ch. Berger, 41, rue de la Victoire.

DÉSIGNATION

FAIENCES ET PORCELAINES

1 — Paire de petits vases, à piédouche et couvercle, en faïence décorée.

2 — Statuette de Vierge et enfant en ancienne faïence, décor polychrome.

3 — Fontaine d'applique, avec son couvercle et son bassin, en faïence de Rouen, décor polychrome.

4 — Fontaine d'applique et son bassin en faïence de Rouen, décor polychrome.

5 — Boite rectangulaire en ancienne faïence de Lille, décor en couleur, sujet champêtre.

6 — Deux paires de jardinières-appliques en faïence, décor polychrome.

7 — Fontaine en faïence de Strasbourg et son support.

8 — Garniture de trois pièces en faïence de Delft, décor bleu.

9 — Groupe et deux statuettes : sujets galants, en faïence blanche de Niederviller.

10 — Paire de jardinières-porte-fleurs en ancienne faïence de Marseille, décor polychrome.

11 — Deux tasses et soucoupes, petite corbeille, en porcelaine du Japon et autre, et une salière en faïence.

12 — Service à café en ancienne porcelaine de Paris, époque Empire, comprenant deux cafetières, un pot à lait, deux sucriers, sept tasses et huit soucoupes, décor en dorure.

13 — Beurrier couvert, sur plateau adhérent, en ancienne porcelaine de Paris, décor Barbeau.

14 — Groupe de deux enfants en porcelaine blanche de Naples.

15 — Boite ronde en porcelaine de Capo di Monte.

16 — Deux tasses à anses et leurs soucoupes en porcelaine de Saxe, décor en couleur.

17 — Tasse et soucoupe avec leur présentoir, carré, en porcelaine gros bleu, décor en dorure.

18 — Paire de potiches couvertes en ancienne porcelaine du Japon, décor bleu, rouge et or : arbustes fleuris et lambrequins.

Haut., 78 cent.

28 — Trois divinités Siamoises en bois sculpté doré, polychromé.

29 — Miroir en marqueterie à feuillages. xviie siècle.

30 — Trumeau en bois sculpté, avec peinture. Époque Louis XVI.

31 — Cadre en bois sculpté, avec figures ailées. xviie siècle.

32 — Deux cadres-reliquaires octogones en bois sculpté doré.

33 — Deux ornements rinceaux et têtes d'anges, et statuette d'enfant jouant de la harpe en bois sculpté doré et ciré. xviie siècle.

34 — Paire de flambeaux d'église, une base de croix, une statuette d'ange en bois sculpté doré. xviie siècle.

35 — Paire de statuettes d'anges, portant trois bras-lumières, en bois sculpté doré. xviie siècle.

36 — Cartel en bois sculpté doré. Époque Louis XVI.

37 — Deux porte-montre en bois sculpté. Louis XV.

38 — Pendule en bois sculpté doré. Époque Louis XV.

39 — Surtout de table, en trois parties, en bronze argenté, fond de glace. Style Louis XV.

OBJETS VARIÉS

BOIS SCULPTÉS, IVOIRES, ÉTAINS, CUIVRES

BRONZES, MONTRES, ÉVENTAILS, ETC.

19 — Une chaise vide-poche, une cartouchière, un Napoléon, et une sonnette en cuivre ou bronze.

20 — Deux poires à poudre en ivoire.

21 — Quatre vases d'amortissement, en composition.

22 — Mortier et son pilon en bronze. xvi⁰ siècle.

23 — Trois bénitiers en bronze. xviiᵉ siècle.

24 — Porte-montre, forme cartel, décor au vernis, orné de bronzes. xviiᵉ siècle.

25 — Christ en ivoire, dans un cadre en bois sculpté Louis XIV.

26 — Deux râpes à tabac en ivoire sculpté. xviiᵉ siècle.

27 — Christ en ivoire, dans un cadre; bénitier en bois sculpté doré. Époque Louis XV.

40 — Bas-relief en bois sculpté : le Sommeil de
Vénus. XVIIe siècle.

41 — Grande fontaine-cuve, une hotte, un broc et
une marmite en cuivre rouge repoussé, à ramages, godrons et armoiries. Travail ancien.

42 — Petite peinture sur panneau : la Vierge, Jésus
et Saint Jean.

43 — Visitation, peinture sur cuivre.

44 — Kermesse, dessin d'après TENIERS.

45 — L'Écueil de la Sagesse ; la Tendre Amitié. —
Deux gravures.

46 — Geneviève de Brabant, vouée à la mort, et
Geneviève des Bois. Deux gravures en cou-
leur, par AUGUSTIN LE GRAND, d'après SCHALL et
Mlle GÉRARD.

47 — L'Innocence reconnue. Gravure en couleur,
gravée par AUGUSTIN LE GRAND, d'après SCHALL.

48 — Une montre, un médaillon et quatre châte-
laines en cuivre et émail. XVIIIe siècle.

49 — Deux montres en or, avec médaillon en émail :
Portrait de femme, et sujets. Époque Louis XVI.

50 — Quatre montres anciennes et un boîtier en
argent et cuivre, dont une émaillée.

51 — Trois boîtes rondes en ivoire, racine et écaille, dont deux ornées de miniatures.

52 — Deux médaillons en émail : sujets religieux.

53 — Trois éventails en écaille, ivoire et métal.

54 — Un couteau de chasse, un couteau oriental et une paire de petits pistolets dans une boîte.

55 — Boîte à jetons en ivoire découpé, intérieur en paille.

56 — Deux serrures et une clef en fer ouvragé.

57 — Porte-huilier en argent. Époque Restauration.

58 — Paire de salières doubles en argent.

59 — Paire d'écuelles couvertes en étain.

60 — Deux écuelles couvertes en étain ancien.

61 — Trois écuelles, une petite soupière et un porte-huilier en étain ancien.

62 — Trois étuis, un passe-lacet et un perce-œillet en argent.

63 — Petite boîte, forme cœur. en argent.

BRONZES D'AMEUBLEMENT

PENDULES, APPLIQUES, CHENETS

61 — Paire de chenets et support en fer forgé.

65 — Galerie de foyer en cuivre. Époque Restauration.

66 — Paire de chenets en cuivre. Louis XIII.

67 — Paire d'appliques, à trois lumières, en bronze. Époque Louis XV.

68 — Paire de petits flambeaux en bronze et marbre, une paire de flambeaux en cuivre.

69 — Paire de flambeaux en métal argenté. Époque Restauration.

70 — Paire de flambeaux en argent. Époque Restauration.

71 — Paire de candélabres, à trois lumières, en bronze poli. Époque Restauration.

72 — Deux flambeaux en bronze poli ou argenté. Époque Louis XIV.

73 — Paire de flambeaux en bronze argenté. Époque Louis XV.

74 — Paire de flambeaux-cassolettes, forme vases, sur fût de colonne en bronze, marbre noir et blanc. Époque Louis XVI.

580

75 — Pendule-cartel et son socle cul-de-lampe, décor de fleurs au vernis, garni de bronze. XVIIIe siècle.

375

76 — Pendule-cartel en marqueterie de BOULLE, ornementation en bronze, surmonté d'un enfant tenant un oiseau. Époque Louis XIV.

100

77 — Cartel d'applique en bronze ciselé doré. Style Louis XV.

100

78 — Petite garniture : pendule et deux flambeaux-cassolettes, en bronze. Louis XVI.

155

79 — Pendule en bronze doré et marbre rouge, avec sujet : l'Amour et l'Amitié assis sur un banc. Époque Empire.

80 — Pendule de bureau à répétition en bronze doré, de HENGGELLER. Sur socle en bois noir. Époque Empire.

81 — Pendule en marbre noir et bronzes dorés, à cariatides de femmes, vases et fleurs. Époque Empire.

82 — Pendule en marbre noir, forme portique, et bronzes dorés. Époque Empire.

83 — Pendule en bronze ciselé et doré, à figures de
femme tenant des guirlandes de fleurs, de
Moilard à Grenoble. Époque Empire.

84 — Garniture de cheminée en marbre de Sienne
et bronze patiné : pendule avec figurine allégo-
rique et deux coupes. Époque Restauration.

MEUBLES ET SIÈGES

85 — Petit meuble à deux corps en bois sculpté,
ouvrant à porte et tiroir. Fin du XVIe siècle.

86 — Petite table en bois tourné, à un tiroir.
Époque Louis XIII.

87 — Glace, cadre en bois sculpté. Époque Louis XIV.

88 — Glace, cadre en bois sculpté et doré, à fronton
et cariatide, volutes et feuilles. Époque Louis XIV.

89 — Bureau Mazarin en bois de placage. Époque
Louis XIV.

90 — Table-tricoteuse en bois de placage ; galerie de
cuivre. XVIIIe siècle.

91 — Glace en bois sculpté et doré, à rocailles.
Époque Louis XV.

92 — Commode en bois de placage et marqueterie,
à deux tiroirs ; garniture en bronze. Époque
Louis XV.

93 — Commode en bois de placage et marqueterie,
à deux tiroirs ; dessus en marbre jaune. Époque Louis XV. (Restauration.)

94 — Commode en bois mouluré, à deux tiroirs. Époque Louis XV.

95 — Commode en bois sculpté, à trois tiroirs ; garniture de bronze. Époque Louis XV.

96 — Commode en bois de placage, ouvrant à cinq tiroirs, garnie de bronzes ; dessus de marbre. Époque Louis XV.

97 — Petite commode sur pieds élevés et cambrés en bois de placage et marqueterie, ouvrant à deux tiroirs ; garniture de bronze ; dessus de marbre. Époque Louis XV.

98 — Trumeau en bois sculpté, peint et doré, avec peinture. Époque Louis XV.

99 — Lit en bois sculpté, avec ciel de lit. Époque Louis XV. Garniture de rideaux.

100 — Bureau dos d'âne, ouvrant à abattant, en bois de placage et marqueterie à fleurs et baguettes. Époque Louis XV.

101 — Lit et son ciel en bois sculpté, peint blanc et bleu. Époque Louis XVI.

102 — Commode, formant bureau, en bois de placage ; dessus de marbre. Époque Louis XVI.

103 — Commode en bois de placage et marqueterie, à cinq tiroirs ; dessus en marbre brèche. Époque Louis XVI.

104 — Table-console en bois sculpté, ceinture ajourée; dessus de marbre. Époque Louis XVI.

105 — Petite table carrée en acajou, avec tiroir jeu de dame. Époque Louis XVI. Avec écran mobile.

106 — Table de chevet, à deux tiroirs, en bois sculpté; dessus de marbre. Époque Louis XVI.

107 — Secrétaire, ouvrant à abattant et tiroirs, en bois de placage et marqueterie. Époque Louis XVI.

108 — Secrétaire, ouvrant à abattant et portes, en bois de placage; dessus de marbre blanc. Époque Louis XVI.

109 — Bureau à dos d'âne, ouvrant à abattant, en bois de placage et marqueterie. Époque Louis XVI.

110 — Bureau à cylindre en bois de placage et marqueterie, à damier et vase. Époque Louis XVI.

111 — Vitrine en acajou mouluré; dessus en marbre blanc. Époque Louis XVI.

112 — Écran en bois sculpté, peint et doré. Louis XVI.

113 — Harpe en bois sculpté. Époque Empire. Avec une méthode.

114 — Lit en bois sculpté, peint. Époque Directoire.

115 — Petit cabinet en burgau.

116 — Vaisselier en bois mouluré.

117 — Table rectangulaire en bois de placage et marqueterie de bois, à fleurs, rosaces, entrelacs; galerie et garniture de bronze.

118 — Trumeau en bois sculpté et doré, avec peinture : Enfants moissonneurs.

119 — Petite étagère d'angle en laque rouge.

120 — Frise de cheminée en bois sculpté. Louis XV.

121 — Glace en bois sculpté doré.

122 — Chaise-longue en bois sculpté. Louis XIV.

123 — Trois fauteuils en bois sculpté. Époque Régence.

124 — Deux fauteuils en bois sculpté, dont un peint, époque Régence, recouverts en velours vert.

125 — Canapé en bois sculpté, canné. Époque Louis XV.

126 — Canapé et trois fauteuils en bois sculpté, époque Louis XV, garnis en imitation de tapisserie.

127 — Quatre fauteuils en bois sculpté peint, époque Louis XV, recouverts en brocatelle jaune.

240 128 — Six chaises en bois sculpté. Époque Louis XV.

129 — Un canapé, deux bergères et deux fauteuils en bois sculpté, coussins mobiles, recouverts en velours. Époque Louis XVI.

130 — Un canapé, deux bois de fauteuils sculptés, dossier médaillon. Époque Louis XVI.

131 — Deux fauteuils, cannés, en bois sculpté, dossier médaillon. Époque Louis XVI.

345 132 — Cinq fauteuils en bois sculpté, à pieds-gaine. Époque Louis XVI.

410 133 — Meuble de salon, composé d'un canapé et quatre fauteuils en bois sculpté, accotoir à colonnette-balustre. Époque Directoire.

970 134 — Un canapé, deux bergères, six fauteuils en acajou, pied à buste de femme engainé, époque Empire, recouverts en velours rouge.

1880 135 — Un divan, deux bergères à oreilles et huit chaises en acajou massif, marqueterie à médaillon et incrustation de métal, recouverts de velours vert à feuillages. Époque Restauration. Travail anglais.

BOISERIE

136 — Boiserie en bois sculpté peint gris. Époque
Louis XV, comprenant :

Trois portes avec trumeau.

Haut., 3 m. 40 cent.; larg., 1 m. 50 cent.

Huit grands panneaux.

Haut., 3 m. 40 cent.; larg., 1 m. 30 cent.

Trois panneaux d'entredeux.

Haut., 3 m. 40 cent.; larg., 40 cent.

Deux panneaux d'entredeux.

Haut., 3 m. 40 cent.; larg., 65 cent.

Un panneau.

Haut., 3 m. 40 cent. ; larg., 80 cent.

TAPISSERIES ANCIENNES

AMEUBLEMENT DE SALON ET SIÈGES

RECOUVERTS EN ANCIENNES TAPISSERIES

137 — Deux fauteuils en bois sculpté, accotoirs à colonnettes, motifs peints, garnis d'ancienne tapisserie d'Aubusson, à animaux et oiseaux dans un médaillon octogone, contre-fond rouge brun à feston de fleurs. Fin du xviiie siècle.

138 — Canapé en bois tourné, à oreilles, recouvert de tapisserie au point. xviie siècle.

139 — Fauteuil en bois sculpté Louis XV, recouvert en tapisserie au point : vase de fleurs, fond jaune.

140 — Deux fauteuils en bois sculpté, époque Louis XV, garnis de tapisserie au point.

141 — Deux fauteuils en bois sculpté, à dossier médaillons, époque Louis XV, garnis d'ancienne tapisserie au point, à personnages. (Restauration.)

142 — Deux fauteuils en bois sculpté peint, recouverts en ancienne tapisserie au point, à pavot. Époque Louis XV.

143 — Quatre fauteuils, médaillon en bois sculpté peint, recouverts de tapisserie au point, médaillon fond blanc ; contre-fond jaune. Époque Louis XVI.

144 — Deux fauteuils en bois sculpté, peint marron, dossier médaillon, recouverts en tapisserie au point. Époque Louis XVI.

145 — Fauteuil en bois sculpté peint, recouvert d'ancienne tapisserie d'Aubusson, à fleurs, rinceaux, draperie. Époque Louis XVI.

146 — Ameublement de salon, composé de : un canapé, huit fauteuils en acajou, recouverts aux sièges d'animaux, aux dossiers à personnages en ancienne tapisserie d'Aubusson. Époque Empire.

147 — Cinq fauteuils en noyer, recouverts de tapisserie au point, à vase et feuillages. Époque Empire.

148 — Six garnitures : sièges et dossiers, en ancienne tapisserie au point, à fleurs et personnages dans des médaillons, au centre d'arabesques fond jaune. Époque Louis XIV.

149 — Huit fragments ou garnitures de sièges en ancienne tapisserie au point, à fleurs et personnages.

150 — Deux garnitures de sièges et deux coussins de fauteuils en ancienne tapisserie au point.

195

151 — Six bandes en ancienne tapisserie au point.

152 — Bandeau en ancienne tapisserie au point, décor à fleurs.

190

153 — Six morceaux ou fragments de sièges en ancienne tapisserie au point, à fleurs et personnages.

11.000

154 — Suite de cinq tapisseries-verdures d'Aubusson, avec château, pont, cours d'eau, oiseaux. Bordures d'encadrement à rinceaux arabesques, dais et coquilles, à fond noir. Époque Louis XIV.

> Haut., 3 mètres; larg., 3 m. 87 cent.
> Haut , 3 mètres; larg., 5 mètres.
> Haut., 2 m. 95 cent.; larg., 2 m. 20 cent.
> Haut , 2 m. 29 cent.; larg., 1 m. 50 cent.
> Haut., 2 m. 90 cent.; larg., 1 m. 80 cent.

1.350

155 — Deux tapisseries anciennes des Flandres, avec écusson central, avec inscription au centre d'arabesques à cuirs découpés et feuillages. Bordures à arabesques et cartouches, rosaces aux angles. XVIe siècle.

> Haut., 2 m. 25 cent.; larg., 2 m. 25 cent.
> Haut., 2 m. 20 cent.; larg., 1 m. 55 cent.

805

156 — Tapisserie des Flandres, commencement du XVIe siècle, à sujets de deux personnages, animaux, semis de fleurs et inscription. Bordures à entrelacs de bandes.

> Haut., 2 m. 5 cent.; larg., 2 m. 65 cent.

157 — Tapisserie rectangulaire verdure d'Aubusson, rehaussée de couleurs : châteaux, oiseaux,
fontaines. Bordures à enroulement de rubans et
feston de fleurs. XVIIIᵉ siècle.

Haut., 2 m. 18 cent.; larg., 3 m. 59 cent.

158 — Tapisserie-verdure d'Aubusson : paysages
avec oiseaux. Bordures, fleurs et fruits. XVIIIᵉ
siècle.

Haut., 2 m. 16 cent.; larg., 1 m. 60 cent.

159 — Tapisserie ancienne d'Aubusson, décor de
paysage avec pagode, rocher, arbre, fleurs,
paon et oiseaux exotiques; partie rapportée à
draperie rouge et carquois sur le côté gauche.
Bordures simulant un cadre.

Haut., 2 m. 90 cent.; larg., 3 m. 50 cent.

160 — Tapisserie - verdure ancienne d'Aubusson :
paysage avec château, cours d'eau et oiseaux
aquatiques. Bordures à rinceaux de feuillages et
corbeilles de fleurs.

Haut., 2 m. 78 cent.; larg., 3 m. 97 cent.

161 — Petit tapis d'Aubusson, à fleurs.

162 — Tapis d'Aubusson à rosaces, draperie, cou-
ronne à fleurs. Cadre simulé, bordure enrou-
lements de ruban et feston de fleurs. XVIIIᵉ siècle.

163 — Six portières en karamanie.

BRODERIES, SOIERIES ANCIENNES

164 — Petit tapis en satin rouge, avec applications de broderies. xvi° siècle.

165 — Trois bandes de chasuble en broderie. xvii siècle.

166 — Tour de lit en satin rouge brodé et applications. xvii° siècle.

167 — Devant d'autel en velours, épinglé sur soie rose.

168 — Coupon de soie brochée verte, à bouquets de fleurs, cordelettes et glands. xviii° siècle.

169 — Trois bandeaux en soie ou drap, avec applications de broderies anciennes.

170 — Gilet en soie et une aumônière brodée d'or. xviii° siècle.

171 — Tenture en soie, à rayures jaunes et vertes. xviii° siècle.

172 — Chape démontée en brocart, tissé d'argent, fond bleu.

173 — Chasuble en damas rouge, tissé d'argent. xviii° siècle.

385

174 — Chape en soie rose brochée à rayures et
bouquets Pompadour, galonnée et **frangée d'or**.
XVIIIe siècle.

370

175 — Chape en soie blanche brochée à fleurs, large
galon et franges en or. XVIIIe siècle.

176 — Chasuble en soie rose, brochée à fleurs.
XVIIIe siècle.

177 — Chasuble en soie blanche à rayures, brochée
à festons de fleurs, galon jaune.

178 — Chasuble, étole et mandibule en soie verte,
brochée à fleurs et bandes roses, tissée d'argent.
XVIIIe siècle.

179 — Chasuble en soie blanche, brochée à bouquets
détachés. XVIIIe siècle.

140

180 — Chape en soie, brochée à rayures bleues et
blanches, à fleurettes. Bordure et col en soie
rouge galonnée d'or. XVIIIe siècle.

181 — Chasuble en soie, brochée à rayures vertes
et blanches, bouquets et festons de fleurs et
galons d'or. XVIIIe siècle.

182 — Deux chasubles en soie, brochée verte, tissée
d'or et galonnée, étoles et mandibules.

230

183 — Chape en satin broché rouge à fleurs, galonné,
et frange d'or.

100

184 — Chape en ancien damas rouge, avec galons
jaunes.

185 — Chape démontée en soie damassée, à ramages lie de vin.

186 — Chape démontée en soie brochée, fond mauve. Époque Louis **XV**.

187 — Robe en soie brochée, petites rayures et festons de fleurettes. Époque Louis XVI.

188 — Chape incomplète en soie brochée blanche, à rayures et festons de fleurettes. Époque Louis XVI.

189 — Grande coupe de soie Pompadour, à rayures. Époque Louis XVI.

190 — Trois tapis rectangulaires en velours rouge, galons et franges dorés.

191 — Huit rideaux ou morceaux en soie rouge et un lot passementerie.

192 — Trois coupons et une chape démontée en soie rouge, jaune, verte et fond blanc.

193 — Six lais en damas rouge, à ramages.

194 — Coupon de soie bleue moirée à rayures, et un petit tapis soie rose à rayures.

195 — Quatre lais de damas jaune.

196 — Deux panneaux toile de Jouy à fond bis.

197 — Deux panneaux en toile imprimée.

198 — Objets non catalogués.